LA GUÍA DEL ESPÍA

Ilustraciones: Colin King

Material original:
Judy Hindley, Falcon Travis, Ruth Thomson, Heather Amery,
Christopher Rawson, Anita Harper

Redacción: Lesley Sims
Diseño: Michèle Busby

Coordinador de diseño: Russell Punter

Traducción: Gemma Alonso de la Sierra

Redacción en español: Noemí Rey y Jill Phythian

Cómo hacer de espía

Con esta guía vas a penetrar en el mundo secreto y misterioso del espionaje. En ella se explica todo lo que un espía debe saber, desde cómo escribir mensajes cifrados hasta cómo disfrazarse para engañar al enemigo más avispado. Encontrarás consejos para seguir la pista a sospechosos, ideas sobre cómo equiparte para cumplir tus misiones y juegos para poner a prueba tus dotes de espía y perfeccionarlas. Cuando termines el libro, estarás en condiciones de descubrir los secretos del enemigo.

El arte de pasar mensajes

Los espías dominan el arte de compartir información con los otros compañeros de su bando (los contactos) sin que el enemigo se dé cuenta. Es posible que tengan que pasar datos sobre los planes del enemigo o convocar una reunión de emergencia. Los espías pueden entrevistarse cara a cara o dejar un mensaje para que sea recogido más tarde.

Un buzón humano

Un "buzón" es una persona que guarda mensajes para los espías. Este espía esconde mensajes secretos en los libros de la biblioteca para que la bibliotecaria los pase a su contacto.

Una cita en lugar seguro

Queda con un contacto en una galería de arte, ya que podéis fingir que habéis ido a ver las obras expuestas.

También conviene que tengáis preparado un plan de emergencia por si os están vigilando.

Ponte de acuerdo para pasar un mensaje a escondidas. Estos espías han intercambiado sus libros, que ocultan mensajes.

El truco del periódico

Hay muchas otras maneras de pasar disimuladamente un mensaje a un contacto. Por ejemplo, podrías esconder el mensaje en un periódico.

Concierta una cita con tu contacto en un banco del parque. Siéntate y lee el periódico durante un rato. Al marcharte, deja el periódico en el banco.

Antes de que el enemigo se acerque, tu contacto debe recoger el periódico y leerlo. Al irse, debe llevarse el periódico y el mensaje que le has pasado.

El bolígrafo idéntico

Debéis daros cita junto a un tablón de anuncios y hacer como si no os conocierais. Actúa como si quisieras tomar nota de algo y pide prestado un bolígrafo.

Tienes que llevar encima otro bolígrafo idéntico con el mensaje escondido en el capuchón o en el tubo. Éste es el bolígrafo que debes devolver a tu contacto.

El intercambio de bolsas

El intercambio de bolsas se parece al truco del bolígrafo. Se trata de esconder vuestros mensajes en bolsas iguales e intercambiarlas cuando os crucéis.

El plano prestado

Dile a tu contacto que esconda su mensaje en un plano. A continuación te sitúas delante de una oficina de información turística y te haces el desorientado.

Cuando se acerque tu contacto, haz como si no la conocieras. Pídele que te deje su plano y guarda disimuladamente el mensaje antes de devolvérselo.

El cambiazo de sombreros

Esconde un mensaje en tu sombrero, entráis por separado en una cafetería. Al llegar, dejáis los sombreros colgados en el perchero y al salir dais el cambiazo.

3

El arte de dejar mensajes

En algunas ocasiones los espías pasan mensajes sin concertar una cita. Simplemente los dejan en un lugar que han acordado con sus compañeros: el punto de contacto. Más tarde alguien pasará a recogerlos.

Mensaje secreto

Conviene tener varios puntos de contacto por si un agente enemigo está vigilando uno de ellos.

Cada punto de contacto debe estar fuera del campo de visión de los demás, para que el enemigo no pueda vigilarlos todos a la vez.

Camina despacio hacia el punto de contacto. Detente de vez en cuando a mirar las flores o los pajaritos.

Elección de los puntos de contacto

Examina la zona. Observa a la gente que va y viene y lo que ocurre a distintas horas del día.

Dirígete al punto elegido desde todas las direcciones. ¿Estarías a la vista de los transeúntes?

Busca un lugar donde puedas ocultarte sin llamar la atención mientras escondes el mensaje.

El punto de contacto situado tras el muro queda oculto gracias a la curva del sendero.

Este tronco hueco podría ser un punto de contacto, pero el espía tendría que esperar a que el sendero se despejara antes de esconder el mensaje.

Si la ruta que conduce al primer punto de contacto te parece arriesgada, dirígete al segundo punto.

Este agujero en el árbol puede ser un buen punto de contacto. Los espías se pueden ocultar detrás mientras dejan o recogen los mensajes.

Si alguien se acerca por el camino, el espía puede disimular mirando al pájaro.

Puntos de contacto peligrosos

Los espías que aparecen en el dibujo se disponen a dejar mensajes en sus puntos de contacto (indicados con una estrella), pero cuatro de ellos no han elegido un lugar seguro. Y tú, ¿habrías cometido los mismos errores?

☹ De entrada, el seto parece un buen escondite, pero fíjate bien. Alguien podría estar observando cada movimiento del espía desde el piso de arriba de la casa que hay enfrente.

☺ El espía puede comprobar que los senderos cercanos están despejados y permanecer oculto por los arbustos. Si alguien se acerca, puede ponerse a mirar la estatua.

☺ Aquí, el espía puede esconderse y controlar todos los senderos. Si tiene que esperar a que pase alguien, el estanque es una buena excusa para dar la impresión de que está paseando.

☹ Este sendero tiene muchas desventajas: el espía puede ser visto desde ambas direcciones y a gran distancia. Tendría que esperar un buen rato para quedarse solo.

☺ Este es un punto ideal. El espía puede ver a mucha distancia y puede esconderse en un santiamén.

☺ Si el espía viene por el sendero principal y camina hasta la mitad del arbusto, puede controlar toda la zona.

☹ Este espía tiene donde esconderse, pero quien le siga el rastro también podrá ocultarse.

☹ Este lugar no es bueno, ya que el espía deja el camino principal para meterse en otro que no lleva a ninguna parte y resultaría sospechoso.

☺ Hay buenos puntos de observación a cada extremo de este camino. El espía puede ver a cualquiera que se aproxime desde lejos, y los árboles lo ocultan.

5

Escondrijos

En esta ilustración hay ocho escondrijos para dejar mensajes. Cuando salgas de paseo, fíjate por si ves posibles puntos de contacto. Los buenos espías andan siempre en busca de nuevos escondrijos.

Pegado debajo de un banco

Detrás de un tablón de anuncios

Metido en la grieta de una estatua

Debajo de una losa suelta o de un pedrusco

En un nudo del tronco de un árbol

Bajo la raíz de un árbol o de algún arbusto

Entre los arbustos o bajo un seto, disimulado como si se tratara de una hoja o un palito

Debajo de unas plantas o del césped levantado

Mensajes camuflados

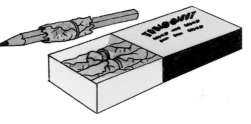

Haz un agujero en el palo con un destornillador.

Alisa el interior con papel de lija.

Enrolla el mensaje y átalo con hilo. Tu contacto puede tirar del hilo para sacarlo de su escondrijo.

Para camuflarlo dentro de una hoja, enrolla la hoja alrededor de un lápiz, átala y deja que se seque. Retira el lápiz y mete el mensaje en su lugar.

Para camuflarlo dentro de un palo, vacía el interior del palo con un destornillador, y mete el mensaje en el hueco.

Puntos de comunicación

Para hacer saber a tu compañero qué punto de contacto has usado, deja una señal en un segundo lugar o punto de comunicación. Da nombres a las señales y anótalos.

Señales con hojas

Recorta un poco la hoja para alargar el tallo.

Vista del reverso

TDA: *el **t**allo atraviesa la hoja de **d**elante hacia **a**trás:* Hay un mensaje en el punto 1.

TAD: *el **t**allo atraviesa la hoja de **a**trás hacia **d**elante:* Hay un mensaje en el punto 2.

PT: *el **p**alito está enrollado en el **t**allo:* ¡Urgente! Recoge el mensaje en el punto 3.

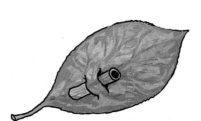

PAH: *el **p**alito atraviesa la parte de **a**trás de la **h**oja:* No vayas a los puntos de contacto hoy; vuelve mañana.

PDH: *el **p**alito atraviesa la parte **d**elantera de la **h**oja:* ¡Márchate! Nos han descubierto.

Cómo utilizar el punto de comunicación

Haz como si juguetearas con una hoja (que has preparado con una señal secreta).

Pasa cerca de una planta y deja caer la hoja en la maceta disimuladamente.

Tu compañera sabrá por la hoja a qué punto de contacto deberá acudir.

Más tarde, puedes volver para comprobar si tu contacto se ha llevado la señal…

…o si ha dejado otra señal en su lugar como respuesta.

Si hay una señal, recógela, para que tu contacto sepa que quedas enterado.

Tácticas de comunicación

Estos espías están inspeccionando varios puntos de comunicación. Actúa siempre con disimulo mientras esperas el momento oportuno para dejar o recoger señales. Con la práctica, podrás hacerlo incluso mientras te vigilan. Aprende a reconocer las señales de un vistazo.

Si tienes que arrodillarte para recoger una señal, hazlo de un modo disimulado; por ejemplo, finge que te subes los calcetines.

Mientras miras una señal, haz como si te ataras los cordones del zapato.

Esta cuerda con nudos es una señal: recógela.

Finge arrastrar la mano por la reja y recoge la cuerda con nudos en clave.

Esta marca de tiza es una señal: bórrala.

Siempre debes retirar la señal antes de recoger el mensaje en el punto de contacto. De este modo tu compañero sabrá que lo has recogido, sin volver al punto de contacto a comprobarlo.

Señales

Estas señales están hechas con un código de puntos y rayas escritos en piedras, o de nudos cortos y largos hechos en trozos de cuerda. Utiliza el código que sea más fácil de ocultar en el punto de comunicación. Apunta los códigos en un cuaderno.

Escribe L para el nudo largo y C para el corto.

1. Mensaje en punto 1

2. Mensaje en punto 2

3. No vayas a los puntos de contacto

4. Mensaje sin localizar

Para el nudo corto, haz una lazada como ésta y tira de la cuerda.

Para el nudo largo, haz una lazada como ésta y tira de la cuerda.

¿Te están vigilando?

Por muy prudente que seas, es posible que alguien te vea acudir al punto de contacto. ¿Qué puedes hacer si te están vigilando?

La regla general es no mirar NUNCA directamente al sospechoso. Finge ignorarlo o que ni siquiera lo has visto.

Pero si es obvio que te está vigilando, demuestra que te has dado cuenta. Una vez descubierto, lo más probable es que desaparezca.

¿Es el sospechoso un agente enemigo?

Para verificar si el sospechoso es del enemigo, dirígete a un punto de contacto falso que esté alejado de los otros.

Haz que el sospechoso te siga. Compórtate de un modo misterioso, pero sin delatarte.

Cuando te siga, llévalo hasta el punto de contacto falso. No tienes por qué tomar el camino más corto.

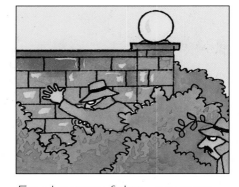

En el punto falso, procura no dejar que el sospechoso vea si estás recogiendo o dejando un mensaje.

El sospechoso no encontrará nada en el punto de contacto. Pensará que acabas de recoger el mensaje.

El sospechoso se apostará en el punto de contacto falso, dejando los verdaderos sin vigilancia. Te puedes marchar.

Mensajes invisibles

Si tienes que pasar a tus compañeros la ruta que conduce a los puntos de contacto, dibuja un plano invisible usando el truco que aquí se muestra. En estas páginas también se explica cómo escribir cartas invisibles.

1. Dibuja con lápiz un plano de la zona donde están tus puntos de contacto. Humedécelo con agua fría y ponlo sobre papel de periódico.

2. Coloca un folio encima y dibuja con lápiz, apretando fuerte, la ruta y los puntos de contacto. Retira el folio cuando termines.

3. A medida que el plano se seca, las señales desaparecen. Si lo humedeces, aparecerán de nuevo, pero déjalo secar para que resulten invisibles.

¿Atrapado?

Este espía ha sido capturado y despojado de su equipo de espionaje. Le está permitido escribir una carta, pero no debe levantar sospechas. Por suerte, sus enemigos no saben que "madre" es el nombre de su jefe. Además, le han dejado todo lo que necesita para escribir una carta invisible (lee la página siguiente para averiguar cómo lo hace).

Doble sentido

Después de escribir la carta, el espía debe poner sobre aviso a su jefe de que contiene un mensaje secreto. Para ello, deja pistas con doble sentido.

1ª pista   2ª pista

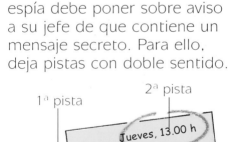

La 1ª pista es la abreviatura de María, porque el jefe no tiene un nombre compuesto, y le indica que dentro hay una nota invisible. La hora es la 2ª pista, que le dice dónde está escrita la nota: "13.00 h" significa "en el reverso de la carta".

Tintas invisibles

El espía prisionero puede escribir a su jefe con zumo de manzana o con cera, y dejar pistas en la carta para que él sepa cuál ha utilizado.

En cuanto sepa dónde tienen prisionero al agente, el jefe podrá planear su huida.

1. Mensaje con zumo

Para escribir con zumo, el espía afila la punta de una cerilla usada, frotándola contra la pared de piedra.

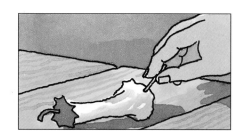

Luego pincha con la cerilla en la parte más jugosa de la manzana para extraer algo de zumo y escribir.

Si su jefe calienta el papel con una plancha a una temperatura moderada, el zumo se pone oscuro.

2. Mensaje con cera

El espía también puede usar la vela. Primero arranca varios trozos finos de la cera que ha ido cayendo a goterones.

A continuación, la calienta con las manos y la moldea en forma de lápiz para escribir una nota.

Su jefe espolvorea polvos de tiza sobre el papel y lo sacude un poco. Los polvos se quedan pegados a la cera.

Pruebas para descubrir mensajes invisibles

Pon mucho cuidado al hacer las pruebas que revelan mensajes invisibles. Empieza por sostener el papel en horizontal y al contraluz para ver si tiene brillos reveladores. Ten a mano el material que necesites para poder realizar las pruebas.

Para ver si tiene cera puedes usar, además de los polvos de tiza, café molido. Si los mensajes con zumo de manzana no se ven bien, utiliza en su lugar zumo de limón.

Orden de pruebas
1. Usa polvos para ver si contiene cera.
2. Usa una fuente de calor para ver si es un mensaje de zumo.

Polvos

Códigos y mensajes secretos

Si quieres asegurarte de que el enemigo no va a entender tus mensajes, puedes escribirlos en clave. Utiliza las iniciales del código que has empleado para que tu contacto sepa cómo descifrar el mensaje; por ejemplo, PR para "Parejas al Revés". Cada código que aparece a continuación cifra la frase "Espías en la radio" de un modo diferente.

Revés al Azar

1. OIDAR AL NE SAÍPSE

2. OI DARAL NESA ÍPSE

1. Escribe el mensaje del revés.
2. Separa las letras de otra forma.

Falsa en Medio

1. ESPÍ AS ENLARA DI O

2. ES PÍ A S ENL ARA DI O

3. ESAPÍ AES ENLIARA DRI O

1. Separa el mensaje en grupos pares. Si te sobra una letra, déjala sola.
2. Divide cada grupo por la mitad.
3. Pon una letra falsa en medio de cada grupo.

Bocadillo

1. E S P Í A S E N

2. ELSAPRÍAADSIEON

3. EL SAPRÍA ADSI EON

1. Escribe la primera mitad del mensaje, dejando un hueco entre cada letra.
2. Escribe la segunda mitad en los huecos.
3. Agrupa las letras de otro modo.

Parejas al Revés

1. (ES) (PÍ) (AS) (EN) (LA) (RA) (DI) (O)

2. (SE) (ÍP) (SA) (NE) (AL) (AR) (ID) (O)

1. Separa las letras por parejas.
2. Escribe cada pareja del revés.

Grupos al Revés

1. ESPÍ ASEN LARAD IO
2. ÍPSE NESA DARAL OI

1. Separa las letras en grupos.
2. Escribe las letras de cada grupo del revés

Péndulo

1. ESPÍA   SEÑLA   RADIO

2. __E__ __S__ __R__

3. _S E__ _E S__ _A R__

   _S E P_ _E S N_ _A R D_

   _Í S E P_ _L E S N_ _I A R D_

1. Reagrupa las letras.
2. Señala los espacios de cada letra, poniendo la primera letra de cada grupo en el espacio del medio.
3. Ve añadiendo el resto de izquierda a derecha, como se muestra arriba.

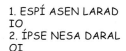

Mensajes en periódicos

Asegúrate de que tu contacto se lleva el periódico antes que el enemigo.

Los periódicos son muy útiles para enviar mensajes secretos. Deja el periódico en un sitio que no resulte extraño; por ejemplo, en un banco del parque.

Mensajes en crucigramas

En la mayoría de los periódicos hay un crucigrama. Rellena los espacios en blanco con un mensaje. Escríbelo de arriba hacia abajo y rellena todas las casillas que sobren con otras letras. Nadie se molesta en mirar un crucigrama que ya está hecho.

Mensajes perforados

Busca la fecha en la portada del periódico. Haz un agujerito con un alfiler en un número de la fecha, para indicar a tu contacto en qué página está el mensaje.

Abre esa página y haz agujeritos en las letras que compongan el mensaje. Para indicar el final de cada palabra, haz agujeritos en los espacios entre las palabras impresas.

Para leer el mensaje, dobla el periódico de modo que la página en cuestión no tenga otras detrás. Ponla al contraluz y verás las perforaciones.

Consejos para descifrar códigos

Si quieres poner tu pericia a prueba y practicar un poco, intercambia mensajes en clave con tus amigos. Para descifrar un mensaje, escríbelo en letras mayúsculas, con suficiente espacio entre las mismas. Si el código consiste en intercambiar una letra del alfabeto por otra, recuerda los consejos que aparecen a la derecha.

1. Intenta averiguar cuáles son las letras que corresponden a las vocales, ya que todas las palabras llevan una como mínimo.

2. Busca palabras de una letra (normalmente: a, o, y).

3. Las letras dobles más frecuentes son LL y RR

4. Una combinación de letras muy común es QU, y en especial la palabra QUE. También lo son EL, LA y LOS.

5. No te fíes de los puntos y las comas, porque seguramente son falsos y los han colocado para despistarte.

Códigos rápidos

Un buen método para cifrar un mensaje rápidamente es usar símbolos. Cada símbolo representa una letra del alfabeto.

A continuación encontrarás la palabra "peligro" escrita usando tres códigos de símbolos distintos.

Código de formas

En este código se usan formas y puntos para representar cada letra del alfabeto.

Código del reloj

En este código cada posición de las manecillas del reloj representa una letra.

Código de ángulos

| 2 | 5 | 5 | 2 | 7 | 4 | 1 |

En este código se combinan ángulos rectos y números. Cada ángulo se enumera del 1 al 7.

NORMAL	FORMAS	RELOJ	ÁNGULOS
A			1
B			2
C			3
D			4
E			5
F			6
G			7
H			1
I			2
J			3
K			4
L			5
M			6

NORMAL	FORMAS	RELOJ	ÁNGULOS
N/Ñ			7
O			1
P			2
Q			3
R			4
S			5
T			6
U			7
V			1
W			2
X			3
Y			4
Z			5

Códigos descifrados

Para averiguar si el enemigo ha descifrado tu código, úsalo para escribir un mensaje que diga que dejarás los siguientes mensajes en un nuevo punto de contacto: el árbol.

Escribe otro mensaje falso y déjalo en el nuevo punto de contacto. Alerta a tus compañeros para que no lo recojan, y vuelve para comprobar si ha desaparecido.

Si se lo han llevado, el enemigo ha descifrado tu código. Cámbialo enseguida y busca nuevos puntos de contacto. Deja mensajes falsos en los antiguos.

El código morse

H abrá ocasiones en que no puedas pasar mensajes escritos, pero puedes mandarlos en morse, dando golpecitos, o apagando y encendiendo una linterna.

Si no tienes una linterna, puedes cubrir una lámpara con el sombrero para enviar un mensaje luminoso.

Puntos y rayas

El código morse se compone de puntos y rayas. Se transcribe como sigue:

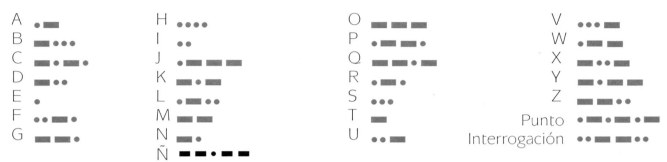

Tu contacto debe escribir los puntos y rayas a medida que los va recibiendo. Más tarde puede dedicarse a descifrar el mensaje sin prisas.

Mensajes a golpecitos

En un camino sin asfaltar da golpecitos con un palo sobre una piedra.

Si estás en un edificio, puedes dar golpecitos en las tuberías o en los radiadores: dos golpes rápidos para el punto y cuatro para la raya.

Puedes dar golpecitos con un lápiz en la pared. Al aire libre, puedes hacerlo en una verja, pero tu contacto deberá ponerse cerca de ella.

También puedes dar golpes en el suelo. Tu contacto debe poner la mano sobre un palo y pegar la oreja a la mano para lograr escucharlos.

Mensajes luminosos

Enciende y apaga la linterna.

Baja la persiana a medias para el punto, y completamente para la raya.

Para transmitir el punto, cuenta uno con la linterna encendida; para la raya, cuenta hasta dos.

Si estás en una habitación con la luz encendida, corre las cortinas y levanta a intervalos el pico de una de ellas.

Si la ventana tiene una persiana de las que se enrollan, puedes subirla y bajarla.

Señales de emergencia

También puedes pasar mensajes mudos a tus contactos ante los propios ojos del enemigo, haciendo algo que tiene un significado secreto.

Por ejemplo, en una reunión podrías mandar un mensaje colocando los lápices, la goma, el sacapuntas y la regla de una manera determinada sobre la mesa.

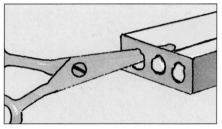
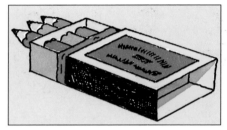

Código de lápices

Puedes enviar un mensaje con tres lápices (rojo, verde y azul) colocados siguiendo un código y asomando por el bolsillo de la chaqueta.

Para construir un soporte para el código de lápices, haz tres agujeros en uno de los extremos de una caja de cerillas.

Mete los lápices por los agujeros, sujétalos con una goma elástica puesta alrededor de la parte interior de la caja y ciérrala.

Código por señas

¡Peligro!　　¡Aléjate!　　Vuelve más tarde.　　Tengo un mensaje.　　Ve al cuartel general.　　Sígueme al salir.

Este código sencillo es fácil de utilizar en una emergencia.

Tienes que sentarte y tocarte o señalar con el dedo distintas partes de la cara.

Cada parte tiene su propio significado. Intenta disimular mientras te comunicas.

Anillo de códigos secretos

Otra forma de comunicarte con tus contactos en secreto es utilizar un anillo de códigos. Abajo se explica cómo hacer uno.

Las cuentas del anillo sirven para enviar mensajes sin que tus enemigos sospechen nada. Intenta disimular al cambiar el anillo de dedo o las cuentas.

Decide qué tipo de mensaje enviará cada dedo.

El índice podría utilizarse para señales de emergencia.

El corazón para indicar cuándo.

El anular para señalar lugares.

El meñique para nombres de personas.

No te olvides de inventar una señal que signifique que no hay mensaje.

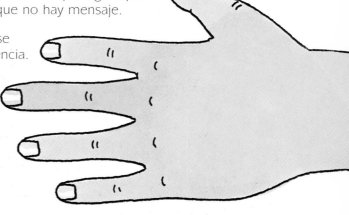

Cómo hacer un anillo de códigos

1.
2.
3.
4.

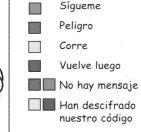

Emergencia
- ⬜ Sígueme
- ⬜ Peligro
- ⬜ Corre
- ⬜ Vuelve luego
- ⬜⬜ No hay mensaje
- ⬜⬜ Han descifrado nuestro código

Cuándo
- ⬜ Hoy
- ⬜ Mañana
- ⬜ Por la mañana
- ⬜ Por la tarde
- ⬜⬜ Al mediodía
- ⬜⬜ En diez minutos

1. Corta un trozo de alambre lo suficientemente largo como para dar dos vueltas alrededor del dedo corazón.
2. Dóblalo por la mitad y retuércelo hasta que quede bien apretado.

3. Haz cuatro tubitos con papel enrollado: uno azul, uno rojo, uno amarillo y uno verde.
4. Insértalos por un extremo del alambre y luego une los dos extremos.

Anota el significado de cada combinación de cuentas en un cuaderno de códigos. Podrías poner las palabras en clave, por si el enemigo lo encuentra.

¡Alerta! ¡Agente enemigo!

Imagina que mientras estás esperando a tu contacto para una reunión secreta llega un espía enemigo.

Para avisar a tu contacto y evitar que sea descubierto, colócate el anillo de códigos en el dedo.

Pon a la vista la cuenta que significa "peligro". Tu contacto pasará de largo, sin ser descubierto por el enemigo.

Disfraces

Los espías aprenden a disfrazarse para que no los reconozcan cuando se dirigen a un punto de contacto o tienen una misión. Los disfraces les permiten vigilar al enemigo de cerca, sin riesgo de ser descubiertos. Ten en cuenta los siguientes consejos a la hora de elegir un disfraz.

Ponte ropa que te haga pasar desapercibido.

Cuando estés cumpliendo una misión de espionaje, de día o de noche, actúa con naturalidad.

Recuerda: por bueno que sea el disfraz, si llamas la atención, puedes descubrirte.

Evita ser fotografiado. De este modo, el enemigo no tendrá fichada tu cara.

Escóndete siempre que sea posible; por ejemplo, detrás de un árbol. Así podrás vigilar a los sospechosos sin llamar la atención.

Cambia de disfraz rápidamente para confundir al enemigo. Cámbiate tantas veces como puedas.

Como último recurso, te puedes valer de alguna estratagema para esfumarte, de manera que el enemigo continúe vigilando durante un buen rato después de que te hayas marchado.

Artimañas para ocultar el rostro

Si hace sol, cúbrete el rostro con una sombrilla.

Existen multitud de trucos para taparse la cara. Un paraguas es uno de los accesorios más útiles.

Lleva siempre un pañuelo grande en el bolsillo. En caso de emergencia, podrías usarlo y de paso cubrirte la cara.

Podrías dejar caer unas monedas aposta, pero procura que el espía enemigo no te ayude a recogerlas.

Si llevas una bolsa o un maletín grande, puedes agachar la cabeza y hacer como si buscaras algo dentro.

Si surge una emergencia, la única forma de ocultar la cara sería atarte los cordones del zapato.

Siempre debes estar preparado. Nunca se sabe por dónde anda el enemigo.

Otro truco con periódico

Un periódico es muy útil. Oculto tras uno, puedes vigilar a dos sospechosos a la vez.

Procura asomar sólo los ojos por el borde del periódico y que ningún espía te vea la cara.

Cuando ambos hayan pasado, dobla el periódico y síguelos a su destino secreto.

Disfraces eficaces

A veces los espías tienen que disfrazarse para poder andar por un sitio sin desentonar.

Un disfraz eficaz es de suma importancia si se trata de espiar un edificio vigilado.

Si pueden simular que hacen otra cosa, en vez de simplemente espiar, es más difícil que los descubran.

Despista a los enemigos vistiéndote igual que los habitantes de la zona.

Luces fuertes

De noche, permanece entre las sombras. Evita la luz de las farolas y las ventanas iluminadas.

Olores familiares

Ten cuidado con los perros que te conocen. Sabrán quién eres por el olor aunque vayas disfrazado.

Distracción

Si te encuentras de misión con un amigo, puedes ayudarlo haciendo algo que distraiga al enemigo.

Doble engaño

Dos espías se visten igual y esconden las caras al pasar por delante del enemigo.

En cuanto pasan, el espía los sigue, creyendo que se dirigen al cuartel general.

De pronto se separan, tomando direcciones opuestas. El enemigo no sabe a quién seguir.

El as del disfraz

El agente Z es un maestro del disfraz. Puede que su última misión te dé ideas sobre este arte. Le encargaron que recogiera un expediente con planes secretos de la consigna del aeropuerto. Pero alguien había dado el chivatazo a los espías enemigos y lo tenían vigilado.

Z llegó al aeropuerto en taxi.

Con el traje que llevaba, parecía un ejecutivo que partía de viaje de negocios.

De esta manera entró en el lavabo sin que el enemigo lo advirtiera.

En cuanto se quedó solo, se cambió rápidamente de disfraz.

Salió del lavabo vestido con un uniforme de técnico del aeropuerto.

Recogió el expediente mientras fingía reparar una consigna estropeada.

A continuación regresó al lavabo y se puso un tercer disfraz.

Por último, se marchó disfrazado con un bigote postizo.

Salió del aeropuerto y tomó un taxi para regresar al cuartel general.

El enemigo se quedó boquiabierto: el expediente se había esfumado.

21

Técnicas para observar a la gente

Si estás pensando en un nuevo disfraz, te será útil observar a otras personas para ver cómo se comportan. Pero hazlo disimuladamente, porque a la mayoría de la gente no le gusta que la miren, y hasta es posible que haya otros espías.

Al sentarse, hay gente que cruza las piernas, mientras que otros las estiran.

Observa a la gente cuando duerme.

Puedes estudiar el modo en que la gente hace su trabajo. Hay personas que tienen más soltura que otras.

Observa también el modo en que come la gente.

Hay quien ronca con la boca abierta y hay quien da cabezadas.

Cada persona come de un modo distinto; unos comen despacio y con cuidado.

Hay otros que engullen la comida y se manchan.

Detecta los disfraces ajenos

Puede que el enemigo lleve un disfraz tan convincente como el tuyo. Es muy importante saber detectar los disfraces ajenos, así estarás sobre aviso si intentan engañarte.

Si crees que la persona va maquillada como parte del disfraz, ofrécete para quitarle una mancha de la cara.

Saludo pasado por agua

Lleva una esponja húmeda en el bolsillo, para mojarte los dedos disimuladamente.

Cuando le des la mano a un espía que lleve maquillaje, te la manchará.

El truco de la barba postiza

Para inspeccionar una barba sospechosa, di que se acaba de refugiar en ella un insecto.

El espía y su doble

Al improvisar un doble, las espías hacen creer al enemigo que están en un sitio, cuando realmente están en otro.

Los espías suelen realizar las misiones más secretas de noche, pero nunca salen dejando la cama vacía.

Cuando el espía sale en una misión nocturna, deja un maniquí metido en la cama para engañar al enemigo.

¿Quién vigila a quién?

La sombra del espía

En este truco se explica cómo recoger un documento secreto del cuartel general y escapar sin que te sigan.

Entra en el edificio y enciende la luz. Te interesa que el espía enemigo vea tu sombra.

Este espía está atrapado en su propia casa. Un espía enemigo lleva cinco horas plantado fuera y sin moverse. Pero las apariencias engañan.

Porque en realidad no es tu sombra, sino la de un doble sentado frente a la ventana.

El espía enemigo se cansará de vigilar a alguien que no hace nada y tú aprovecharás para escabullirte.

El espía enemigo no es más que un doble improvisado con unas tablas de madera, unos zapatos y un sombrero.

Cambios de apariencia

Con un poco de maquillaje puedes cambiar totalmente de aspecto. Hay productos baratos a la venta en muchas tiendas.

Prueba distintas técnicas frente al espejo. Necesitarás leche limpiadora y pañuelos de papel para quitarte el maquillaje.

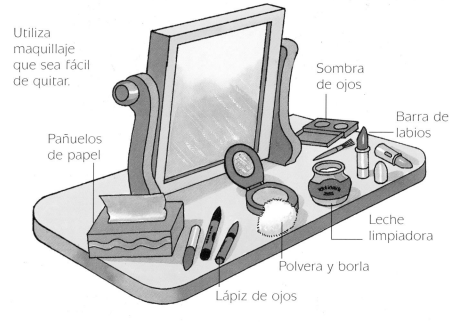

Utiliza maquillaje que sea fácil de quitar.

Pañuelos de papel

Sombra de ojos

Barra de labios

Leche limpiadora

Polvera y borla

Lápiz de ojos

Un ojo morado

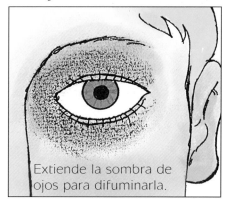

Extiende la sombra de ojos para difuminarla.

Ponte sombra de ojos alrededor del ojo para que parezca que lo tienes morado.

Patas de gallo

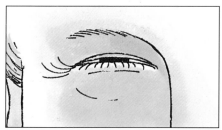

Guiña los ojos para ver dónde se te marcan las arrugas.

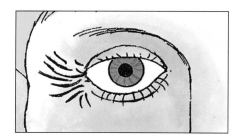

Siguiendo las arrugas, pinta unas líneas finas y oscuras con un lápiz de ojos blando.

Ojeras

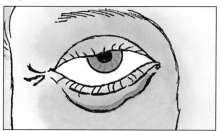

Hay gente que tiene ojeras debajo de los ojos. Píntatelas con un lápiz de ojos.

Cejas

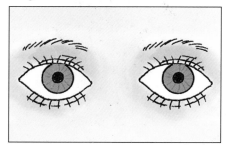

Cambiando la forma de las cejas puedes cambiar totalmente de aspecto.

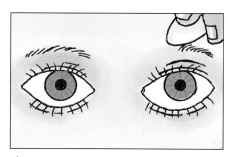

Úntate las cejas con una pastilla de jabón y espera a que se sequen.

Utiliza negro o marrón.

Cuando ya no se te vean las cejas, píntate otras con lápiz de ojos.

Efectos especiales: 1. Un brazo en cabestrillo

Es fácil poner el brazo en cabestrillo y quitarlo. Dobla por la mitad un pañuelo o un trozo de tela.

Sujétalo bajo el brazo y pasa un extremo alrededor del cuello. Pide a un amigo que te ayude.

Pasa el otro extremo por encima del brazo y átalo al primero a la altura del cuello con un nudo flojo.

2. Cortes

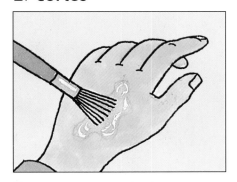

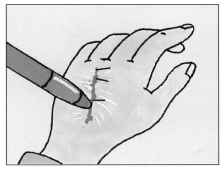

3. Mellas

Ponte un poco de pegamento en la piel. Mientras se seca, pellízcate formando un pliegue, para que parezca un corte.

Con un rotulador de tinta lavable, dibuja la línea del corte y unos puntos de sutura más oscuros a los lados.

En las tiendas de disfraces y de bromas venden maquillaje especial para pintarse los dientes de negro.

4. Una herida en la cabeza

Puedes taparte el pelo con una venda muy ancha.

5. El espía tuerto

Utiliza una venda o una tira larga de tela blanca. Empieza con la tira enrollada y véndate dándole vueltas alrededor de la cabeza.

Sujétala bien para que no se deshaga cuando salgas a la calle. Coloca un imperdible en el extremo o métrelo por dentro.

Recorta un parche de cartón, píntalo de negro y haz dos agujeritos en las esquinas de arriba. Pasa un elástico negro por los agujeros.

Envejecimiento acelerado

Para parecer mayor, puedes ponerte ropa grande y de colores apagados. Lo mejor son las prendas de abrigo que te hagan parecer corpulento.

El disfraz de "viejecita" viene muy bien en una misión secreta. Puedes sentarte y vigilar la zona con la excusa de estar haciendo punto.

Para mejorar el disfraz, ponte un sombrero oscuro, unas gafas y lleva un bastón.

Los ancianos suelen caminar con paso inseguro. Muévete despacio, y agárrate a la barandilla al bajar las escaleras.

A veces, los viejecitos están encorvados, lo que les hace parecer más bajitos. Suelen arrastrar los pies y apoyarse en un bastón.

Están un poco agarrotados y se agachan despacio al recoger algo del suelo. Es un buen truco para echar un vistazo disimuladamente.

La mayoría de los ancianos tienen aspecto inocente. Hay menos posibilidades de que te descubran con este disfraz.

También tendrás una excusa para andar despacio y pararte a descansar, lo cual viene bien para recoger información.

Si finges salir a hacer la compra, te será fácil pasar desapercibido entre la gente.

Rostros envejecidos

A la gente le cambia la cara a medida que se hace mayor. Los ancianos tienen arrugas alrededor de los ojos y de la boca, y a veces también tienen las mejillas hundidas.

Puedes maquillarte para parecer mayor, pero no te olvides de que el pelo no debe desentonar. Puedes ponerte un sombrero para taparte el pelo.

Labios

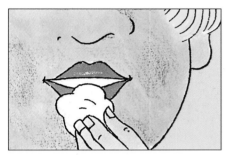

Ponte base de maquillaje en los labios hasta que queden del mismo tono que el resto de la cara.

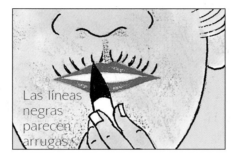

Las líneas negras parecen arrugas.

Dibújate una boca delgada con la barra de labios. Haz unas líneas finas alrededor de la boca con lápiz negro.

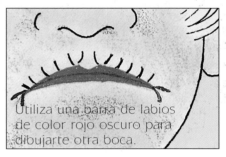

Utiliza una barra de labios de color rojo oscuro para dibujarte otra boca.

Haz un gesto de disgusto con la boca y traza líneas oscuras donde te salgan arrugas.

Sombras

Examínate la cara para ver qué partes están hundidas. Pálpate la cara con los dedos para localizar los huesos.

Ponte sombra de color azul oscuro alrededor de los ojos y difumínala por los bordes.

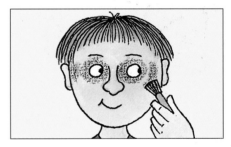

Si te pintas las sienes con una sombra de ojos oscura, la cara parecerá mas delgada.

Píntate sombras debajo de los pómulos, para que parezca que tienes las mejillas hundidas.

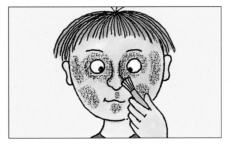

Pinta sombras a ambos lados de la nariz; así parecerá más delgada. Ponte un poco de sombra debajo de la boca.

Ponte polvos de color pálido por las partes de la cara que no estén sombreadas.

27

Perfecciona tu disfraz

El modo de andar o de pararte te puede delatar, incluso cuando llevas un buen disfraz y el enemigo está tan lejos que no llega a verte la cara. Prueba a andar de las distintas maneras que aparecen a continuación.

Prueba a caminar deprisa. Sube la cabeza y echa el cuerpo ligeramente para atrás, con las manos a la espalda.

La pata tiesa

Finge tener una pierna agarrotada. Si te atas una bufanda a la rodilla, te costará doblarla.

Una cojera

Cojea con una pierna como si te doliera. No te olvides de qué pierna se trata.

Hombros caídos

Anda con pasos cortos y arrastra los pies. Mete las manos en los bolsillos y encorva la espalda.

A saltitos

Ponte unos zapatos de tacón, camina con pasos cortos y dando saltitos.

Pies de plomo

Ponte unos zapatos grandes y arrastra los pies. Inclínate hacia delante y baja la cabeza.

A zancadas

Camina deprisa dando zancadas. Mueve los brazos, y pisa primero con los talones.

Pies hacia dentro

Camina con los pies hacia dentro e inclínate un poco hacia delante.

Pies hacia fuera

Camina con los pies hacia fuera y las rodillas dobladas. Pisa fuerte.

Lumbago

Camina despacio.

Dobla la espalda hacia un lado. Ponte la mano en la cintura como si tuvieras lumbago.

Cambios de figura

Puedes cambiar de figura poniéndote
rellenos. Coloca los rellenos encima de
la ropa que lleves y ponte otras prendas
de tallas más grandes encima. Recuerda
que para completar el disfraz tendrás
que llevar zapatos y guantes grandes.

Si te pones una toalla por
encima de los hombros, dará
la impresión de
que tienes la
espalda más
ancha.

Como relleno
para piernas y
brazos puedes
enrollarte
bufandas.

Si quieres
aumentar de
barriga, átate
un cojín a
la cintura.

¡Cuidado con los disfraces malos!

No hay manera más fácil de ser descubierto
que llevar un disfraz descuidado o actuar sin
precaución. Algunos de
estos espías, disfrazados
de invitados y de
camareros, resultan poco
convincentes. ¿Cuántos te
parecen sospechosos?
(En la página 48
encontrarás
la solución.)

Juegos de espionaje

Participa con otros cuantos amigos en este juego. Os ponéis de acuerdo para presentaros, a una hora determinada, en un lugar bastante concurrido donde tenéis que permanecer unos quince minutos. Cada uno debe disfrazarse lo mejor posible, para evitar ser reconocido por los demás.

Procura disfrazarte de un modo acorde con el lugar adonde vas. Podría ser un parque o cualquier otro sitio donde haya gente.

Llega a la hora acordada y da una vuelta para ver si descubres a los demás, pero sin que ellos te descubran a ti.

Piensa en un motivo para estar en ese lugar. Podrías fingir que estás comprando o que vas a entregar un paquete.

Lleva un lápiz y una libreta para tomar nota de los nombres de los amigos que vayas descubriendo y de los disfraces que llevan.

Anota también las cosas que fingen hacer. Cuando haya pasado el tiempo acordado, vuelve a casa y quítate el disfraz.

Luego os reunís para comparar las anotaciones. Marca un punto por cada disfraz y actividad fingida que has acertado. El que saque más puntos, gana.

Espionaje alrededor del mundo

A un espía lo pueden enviar a cualquier rincón del mundo en una misión secreta y debe llevar la ropa adecuada para no llamar la atención. Este espía tiene montones de sombreros; ¿cuál necesitará en cada uno de los países que aparecen en las ilustraciones?

Una boina de cuadros escoceses

Un sombrero de vaquero americano

Un gorro de encaje suizo

Un pañuelo de jeque árabe

Un sombrero mejicano

Un gorro de piel ruso

1.

2.

3.

4.

5.

6.

Soluciones: 1. = Un gorro de piel ruso 2. = Una boina de cuadros escoceses 3. = Un sombrero mejicano 4. = Un pañuelo de jeque árabe 5. = Un gorro de encaje suizo 6. = Un sombrero de vaquero americano

El arte de seguir de cerca a sospechosos

Cuando sigas a un sospechoso, no hagas el menor ruido y procura ocultarte bien. Ponte ropa que se confunda con el entorno, es decir, de camuflaje.

Una cinta del pelo de camuflaje

Corta una tira de tela que sea lo suficientemente larga como para atártela a la cabeza, y una cinta de un metro de largo.

Sujeta la tira y la cinta con imperdibles; pon uno a cada extremo y cuatro o cinco entre medias.

Recoge ramitas, hojas y hierba de los alrededores y colócalas entre los imperdibles como aparece en la ilustración.

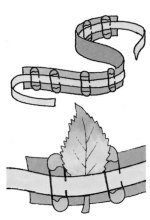

La ropa debe ser vieja y resistente, para que puedas arrastrarte; pero lisa, para que no se enganche con los arbustos espinosos.

Cómo seguir a un sospechoso

Camina en silencio y con cuidado, sin hacer movimientos bruscos. Mira a los lados de reojo, en vez de girar la cabeza.

No te pares ni camines en la línea del horizonte (se te ve perfectamente).

Evita que el sol se refleje en las cosas que brillan.

Cuando te pares, hazlo a la sombra, y asegúrate de que la tuya propia no te delata.

Olores

Si al sospechoso le acompaña un perro, debes colocarte de manera que el viento no le haga llegar tu olor.

Chúpate un dedo y déjalo al aire. El lado que notes más frío indica la dirección del viento.

Si lanzas un puñado de hierba o de hojas secas al aire, saldrán volando siguiendo la dirección del viento.

De pie y a rastras

Mantén la cabeza agachada.

Esconderse para no ser visto se llama ponerse a cubierto. Si estás en una zona arbolada puedes andar derecho.

Puede que tengas que agacharte. Para permanecer agazapado, pon las manos sobre los muslos.

Poner las manos sobre los muslos también te ayuda a mantener el equilibrio. No arrastres los pies al caminar.

A gatas

Camina a gatas con las manos y las rodillas, manteniendo la espalda recta y baja.

Levanta los pies lo justo para que no arrastren e intenta no inclinar la cabeza.

A rastras

La parte interior de la rodilla debe tocar el suelo.

Échate ligeramente sobre un costado, con una pierna estirada y la otra doblada.

Apóyate en los antebrazos y en la rodilla doblada para darte empuje.

Estilo foca

Túmbate sobre el estómago con las piernas juntas y los pies hacia fuera.

Extiende los brazos, tira del cuerpo con los antebrazos y empuja con los pies.

A cubierto

Piensa detenidamente cómo podrías ponerte a cubierto con lo que haya a tu alrededor. Al espía del sombrero negro se le ve perfectamente.

Para mirar a tu alrededor cuando estés escondido tras un árbol o una tapia, sólo necesitas un ojo y no tienes por qué asomar toda la cabeza.

Técnicas de seguimiento por la calle

En una ciudad hay menos sitios donde esconderse. El espía debe seguir de cerca al sospechoso para no perderle la pista, pero sin llegar a pisarle los talones porque levantaría sospechas. Puede echarle vistazos, pero con disimulo. Podría fingir que está buscando a un amigo.

Con la mirada

Un buen truco es mover los ojos de derecha…

…a izquierda, sin girar la cabeza.

Paradas

No te pares a la vez que el sospechoso, porque se daría cuenta. Si tienes que detenerte, busca una excusa.

Podrías:
• comprar un periódico
• mirar un escaparate
• hacer como si esperaras para cruzar la calle.

Esquinas

Ten cuidado cuando el sospechoso se acerque a una esquina. Si no estás atento, puede que se esfume sin que te des cuenta.

Síguelo, pero afloja el paso antes de llegar a la esquina, porque puede que sea una estratagema del sospechoso para descubrirte.

La prueba del escaparate

Si ves el reflejo del sospechoso él también puede ver el tuyo.

¿Cómo vas a saber si el enemigo te está observando en el reflejo del escaparate?

Colócate justo detrás de él, de modo que no pueda ver tu reflejo.

Si te está vigilando, se echará a un lado para intentar volver a verte.

El truco de la florista

Entra en un portal para disfrazarte.

Cuando sigas a alguien de cerca, procura llevar un disfraz rápido en una bolsa, para ponértelo por si te descubren.

Elige un disfraz que cambie por completo tu aspecto. Llévalo en una bolsa que puedas guardar doblada en un bolsillo.

Con ojos en la espalda

Puedes usar un "cata-espías" para mirar a tu espalda (en el cuadro de la derecha se explica cómo hacer uno).

El "cata-espías" es un espejo oculto de modo que parece una agenda. También podrías esconderlo en un tebeo.

Un "cata-espías" casero

Pon cinta adhesiva aquí.

Une dos espejitos por la parte que refleja con cinta adhesiva. Comprueba que puedes abrirlos sin dificultad.

Pega una página a cada lado del "cata-espías".

Arranca todas las páginas de una agenda vieja, menos la primera y la última. Coloca los espejitos entre ellas.

Cómo dar el esquinazo

Recuerda que los espías enemigos también pueden seguirte a ti.

Para evitar que se salgan con la suya, toma nota de los consejos que aquí se explican.

Observa cómo el espía del sombrero marrón se libra de los agentes enemigos.

Mira en los escaparates o en las ventanillas de los coches para ver si lo están siguiendo.

Los enemigos llevan abrigos azules.

Piérdete por una calle lateral en cuanto la visión del enemigo quede obstaculizada.

Si tiene que cruzar la calle, espera a que esté a punto de hacerlo otra persona para que le sirva de pantalla.

La furgoneta obstaculiza la visión de este espía.

Prácticas de seguimiento

Aprender a seguir a sospechosos lleva mucha práctica. Prueba estos juegos con tus amigos; aprenderás a desplazarte sigilosamente y a quedarte clavado en un sitio.

El juego de la linterna

Se juega al aire libre. Uno hace de guardián, lleva los ojos vendados y una linterna; el resto son prisioneros y deben avanzar sigilosamente desde la salida hasta el guardián sin ser descubiertos.

El guardián grita "¡Ya!" y los prisioneros salen. Si el guardián oye un ruido, apunta con la linterna donde cree que está el prisionero y grita "¡Alto!", la enciende y se quita la venda de los ojos para ver si ha acertado.

Prisioneros

Coloca piedras en la salida.

Guardián

El guardián se coloca delante de otra línea de piedras. El primer prisionero que la alcance gana.

Quien gane pasa a hacer el papel de guardián.

"¡Alto!" verdadero

"¡Alto!"

Si se descubre a un prisionero con la linterna, éste debe retroceder diez pasos. Los demás se quedan quietos y el juego continúa cuando se apaga la linterna.

"¡Alto!" falso

"¡Alto!"

Si el guardián dice "¡Alto!" cuando no hay nadie, no cuenta. Si se equivoca tres veces, pierde el juego y el prisionero que esté más cerca de él pasa a hacer de guardián.

Fugarse de la celda

Dos jugadores se ponen cada uno a un lado de una puerta abierta con los ojos vendados. El resto de los jugadores se van acercando de uno en uno hacia la puerta desde la pared opuesta. Si un guardián oye a un jugador, estira el brazo. Si toca al jugador, éste tiene que volver a la pared. El jugador que consigue pasar se convierte en guardián.

Circuito de entrenamiento

Un amigo debe hacer de entrenador y colocarse de espaldas al final del recorrido, mientras que los otros deben intentar llegar a él de uno en uno. Si el entrenador oye un ruido, lo dice, y quien esté recorriendo el circuito pierde un punto. El que pierda menos puntos, gana.

Haced de entrenador por turnos.

Tablas sobre ladrillos

Procura caminar sobre las tablas sin hacer sonar las piedras.

Pasa bajo las tapaderas arrastrándote y sin que suenen.

Ata una cuerda entre dos palos. Cuelga cosas que suenen al chocar. Abajo se explica cómo hacer tapaderas que suenan.

Coloca unas cuantas latas de modo que tengas que andar con cuidado al pasar. Mete piedras dentro para que hagan ruido si las tocas.

Cubre partes del circuito con cosas que crujan al pisarlas, como grava, ramitas, hojas secas o periódicos.

Tapaderas que suenan

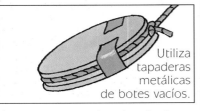

Utiliza tapaderas metálicas de botes vacíos.

Ata una cuerda alrededor de cada tapadera y asegúrala en su sitio con cinta adhesiva.

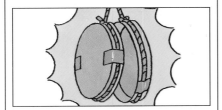

Cuélgalas unas cerca de otras, para que suenen si las tocas.

El escondite móvil

¡Ya!

Se trata de un juego al aire libre para dos. Señaláis un tronco de árbol o una roca como "base", y uno espera allí mientras el otro se esconde.

Trata de encontrar al otro jugador antes de que él te encuentre a ti. Ambos podéis cambiar de escondite una vez que ha empezado el juego.

Técnicas de rastreo

Hasta que el espía se haga experto en seguir de cerca a sospechosos, es posible que los pierda de vista con frecuencia. Si esto ocurre, tendrá que buscar pistas para saber qué dirección han tomado. Hay pistas que son fáciles de descubrir, como las huellas, o menos evidentes, como un palito roto. Seguir estas pistas se llama rastrear.

Buscar huellas

NUNCA mires directamente al sol.

Cuando busques huellas, haz visera con la mano para mirar en dirección al sol.

Si hay un hoyo en el suelo, por mínimo que sea, proyectará una sombra.

Borra tus huellas

Asegúrate de no dejar huellas que pueda seguir otro espía. Procura andar por terreno duro o pedregoso, por donde haya hierba corta u hojas caídas. Aquí tienes unos cuantos consejos para confundir a un rastreador en el campo.

Mira adelante y planea el camino que vas a seguir por un terreno seguro, como sería la alfombra de hojas secas que hay en este bosque.

Pisa sobre helechos u otras hojas grandes para evitar dejar huellas en el barro o en la arena. Ve recogiendo las hojas mientras caminas.

No andes por los bordes del camino y procura evitar los senderos arenosos.

Atraviesa los riachuelos saltando de piedra en piedra. No te mojes los pies porque dejarías huellas.

Si tienes que atravesar un tramo embarrado, camina de espaldas hacia el lugar adonde te diriges.

Si dejas huellas, asegúrate de que no te van a delatar. Un rastreador podría reconocerlas si tienes agujeros en las suelas de los zapatos.

Puntos de referencia

Cuando llegas a un sitio que no conoces, procura identificar cosas que puedas recordar a la hora de regresar, llamadas puntos de referencia. En una ciudad, puedes fijarte en las iglesias o en las tiendas; en el campo, observa las casas de labranza o las verjas. Aquí tienes otras cuantas ideas sobre cosas en las que fijarte.

¡Precaución!

Fíjate sólo en las cosas que no se puedan mover. Al caminar, mira para atrás de vez en cuando, porque hay cosas que tienen un aspecto muy diferente cuando se ven desde la dirección opuesta.

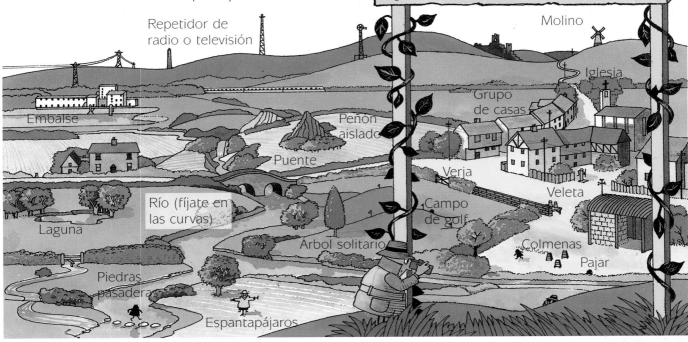

Repetidor de radio o televisión
Molino
Embalse
Iglesia
Peñón aislado
Grupo de casas
Puente
Verja
Río (fíjate en las curvas)
Veleta
Campo de golf
Laguna
Árbol solitario
Colmenas
Pajar
Piedras pasaderas
Espantapájaros

Un estampa-huellas

Un estampa-huellas puede ayudarte a mejorar tus facultades de rastreo. Utilízalo como un bastón y deja huellas para que tus amigos las sigan.

Utiliza el estampa-huellas en terreno blando y húmedo o en arena mojada.

Para fabricar un estampa-huellas necesitas:

una tapadera metálica con borde; por ejemplo, la tapadera de un bote de mayonesa vacío

unos alicates

una tachuela y un martillo

un bastón o un palo de escoba viejo

un tornillo de unos 3 cm de largo

un destornillador

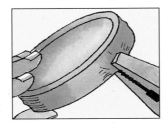

1. Haz una muesca en la tapadera con los alicates; servirá para indicar la dirección en la que caminas.

2. Clava la tachuela en la tapadera. Usa la misma tachuela para hacer otro agujero en la punta del bastón.

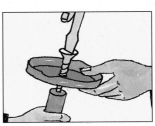

3. Pídele a alguien que te sujete el bastón. Pon la tapadera encima e introduce el tornillo por los agujeros.

Tras un rastro

Es posible que cuando sigas el rastro de un sospechoso quieras dejar señales como éstas para que tu contacto te siga.

Hazlas con palitos, piedras o marcas profundas en el suelo; deben ser lo bastante grandes como para que tu contacto las vea.

Déjalas en lugares resguardados, porque las podrían borrar otros caminantes. Asegúrate de que nadie te vea dejando el rastro.

Seguir recto

Palitos

Piedrecitas

Dos piedras

Palo inclinado

Nudo en la hierba

Gira a la izquierda

(Para indicar que gire a la derecha, pon la señal apuntando al lado contrario.)

Palito roto

Palo inclinado

¡No vayas por aquí!

Palitos rotos

Hilera de piedras

Palitos cruzados

¡Precaución!

Avanza con cuidado: el enemigo anda cerca.

He vuelto a casa (final del rastro)

Mensaje oculto

Los números indican los pasos que hay que dar para encontrar el mensaje.

He ido a la guarida

Signos

Estos signos más complicados están basados en los pictogramas de los indios sioux. Los sioux escribían sus mensajes en pieles secas de animales y en las cortezas de los árboles. Tú puedes escribirlos con una tiza en una piedra seca, o con un palo en la tierra.

Hora del día

| mañana | mediodía | tarde | día | noche |

Tiempo y paisaje

hierba · camino · lluvia · sol · lago · río · mar · árbol · bosque

Campamento

guarida (campamento) · fuego de campamento · víveres · reunión · escondido o esconder · jefe · descubrimiento · muchos

Consejos para dejar rastros

Las señales deben dejarse sólo donde sean realmente necesarias. Utilízalas para indicar un cambio de dirección o cuando haya que elegir entre varios caminos.

Usa una tiza para pintar las señales, que deben ser pequeñas, en el suelo o en la parte baja de la pared.

Cuando llegues a un cruce, deja una señal para indicar si hay que girar o cruzar la calle.

Deja una señal para indicar un cambio de dirección.

Debes colocar las señales en los bordes del camino o en lugares resguardados para que no las borren.

No dejes más señales de las necesarias. Pierdes tiempo y pueden llamar la atención.

Salida

El mensaje

El último agente debe eliminar el rastro para que nadie más pueda seguirlo.

Puedes emplear cerillas usadas para hacer las señales. Rómpelas o ábrelas por la mitad (las cabezas quemadas indican el sentido).

Descripción de personas

hombre	mujer	amigos (hermanos)	la misma banda

Guerra

pelea (guerra)	prisionero	enemigo (oso)	enemigo vencido (oso muerto)

Descripción de acciones

hambriento	comer	huir	hablar	hablar	ver	oír	fuerte

Otros signos útiles

lejos (viaje de tres días)	cerca	no (muerte)	casa	población	mal	venir o traer	llegar o haber llegado	paz

🐾 Juego de rastreo

Pon a prueba tu conocimiento de las señales para dejar rastros, explicadas en las páginas anteriores. Sigue las señales que aparecen sobre el terreno en la ilustración. Cada vez que llegues a una señal de "mensaje oculto" encontrarás una pista que te indicará adónde debes ir luego. El rastro comienza frente al colegio. Si lo pierdes, encontrarás las soluciones en la página 48.

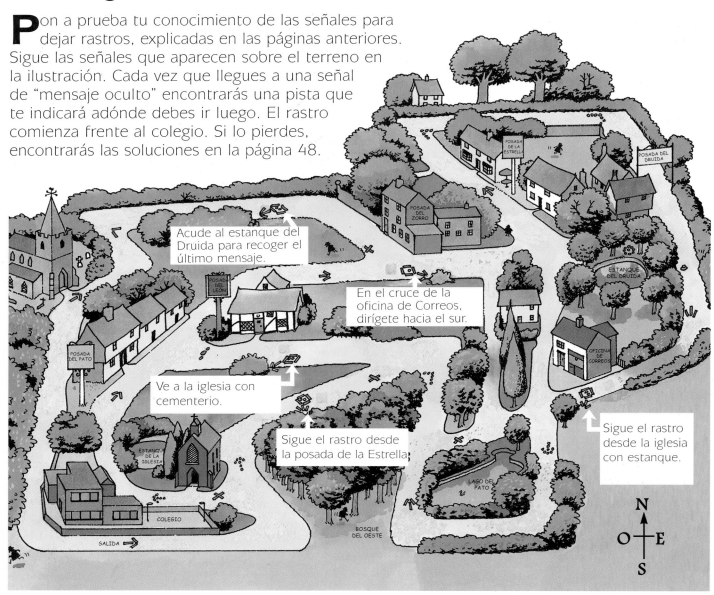

Acude al estanque del Druida para recoger el último mensaje.

En el cruce de la oficina de Correos, dirígete hacia el sur.

Ve a la iglesia con cementerio.

Sigue el rastro desde la posada de la Estrella.

Sigue el rastro desde la iglesia con estanque.

Guía del rastreador

Un rastreador debe reconocer todas las huellas de personas y de animales que vea.

Siempre conviene saber si el sospechoso lleva un perro o un bastón.

Pisadas de hombre

Pisadas de mujer con zapatos de tacón

Hombre con zapatos de suela lisa y bastón

Mujer con perro

Mensajes con pictogramas

¿Puedes descifrar estos mensajes? Están escritos con los pictogramas de las páginas 40 y 41. En vez de "leer" los signos de uno en uno como si fueran palabras, utiliza tu imaginación para completar el significado. (Las soluciones están en la página 48.)

1.

2.
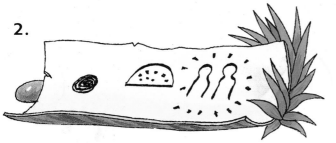

3.

4.

5.

6.
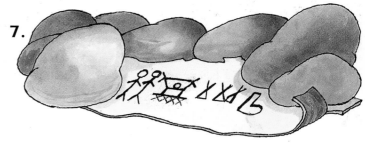

7.
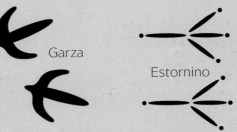

La mejor época para buscar huellas es cuando el suelo está cubierto de nieve.

También puedes buscarlas en la arena mojada o donde haya barro.

Huellas de perro

Huellas de gato

Garza

Estornino

Seguir las huellas de los pájaros es un buen entrenamiento.

Cisne

Equipo de espionaje

Para ir bien preparado a cumplir una misión tendrás que llevar unas cuantas cosas, pero sólo lo que sea imprescindible y te quepa en los bolsillos. El equipo básico de espionaje cabe en una caja de cerillas grande.

El equipo de espionaje contiene los útiles de escritura invisible (una vela para la escritura con cera y tiza en polvo para poder leerla), un palito hueco para camuflar mensajes, una cuerda, una tiza para dejar señales y un lápiz.

Parte el lápiz y la vela por la mitad para que quepan en la caja.

Solapa desplegable: abajo se explica cómo hacerla.

Enrolla la cuerda para hacer señales en un trozo de cartón.

Enrolla trozos de papel para mensajes y ocúltalos en palitos huecos.

Las solapas desplegables

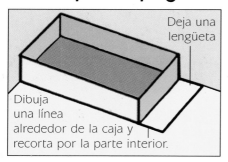

Deja una lengüeta

Dibuja una línea alrededor de la caja y recorta por la parte interior.

Corta dos tiras de cartón algo más largas y estrechas que la caja. Lo que sobra de largo sirve para hacer la lengüeta.

Dobla las lengüetas y recórtalas para que quepan en la caja. Dobla las tiras de modo que las solapas encajen en la caja.

Escribe los códigos en una solapa y sus significados en la otra. Luego, pégalas a la caja.

El doble fondo

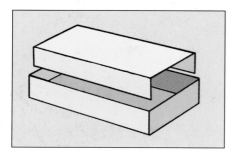

Corta un trozo de cartón un poco más corto y ancho que la caja. Dobla los lados para que quepa dentro de la caja.

Tirador · Los sellos quedan entremezclados.

Pega unos sellos al trozo de cartón. Deja parte de uno de los sellos sin pegar para que sirva de tirador.

Accesorios

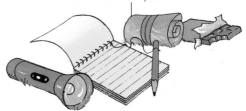

Cacahuetes o pipas en una bolsa de plástico.

Otras cosas que pueden ser útiles son un cuaderno, un plano, una linterna y algo para picar por si te entra hambre.

Disfraces rápidos

Necesitarás todo tipo de disfraces para tus misiones. Pide a tus familiares y amigos ropa usada que ya no quieran. Haz una colección de ropa, zapatos, sombreros y bolsos y cuelga las prendas largas en perchas para que no se arruguen.

Sombreros

Corbatas

Botas

Guantes, cinturones y bufandas

Gafas de sol

Anillos y collares de bisutería

Bolsos y maletas

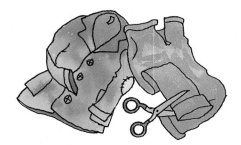

Recorta con cuidado los puños de las mangas si te quedan muy largas.

Si los zapatos te quedan demasiado grandes, mete papel o trozos de tela en las punteras.

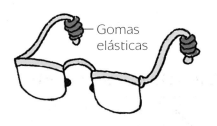

Gomas elásticas

Pide a un adulto que quite los cristales a unas gafas viejas. Pon gomas elásticas en las patillas para que no se te caigan.

Antes de salir

Arranca todas las etiquetas de la ropa y de los zapatos.

Antes de salir a cumplir una misión, inspecciona los bolsos y los bolsillos y elimina todo aquello que pudiera delatarte.

Podrías hacerte una agenda con nombres y direcciones falsos.

Escribe cartas dirigidas a tu nombre falso.

Coloca en la cartera cosas que indiquen que eres quien dices ser, como fotos de familia y cartas falsas.

Comprueba que en el bolígrafo o en el pañuelo que lleves también aparezcan tus iniciales falsas.

45

Preparado para una misión

Ya cuentas con la preparación necesaria para realizar tu primera misión. Enfréntate a estas pruebas para comprobar tu capacidad de descifrar mensajes y tus dotes de observación. Las soluciones están en la página 48.

Los códigos empleados son los de "Revés al Azar", "Parejas al Revés", "Grupos al Revés" y "Bocadillo" de la página 12.

PISTA

¿Dónde está el traidor?

Estos cuatro espías forman parte de una red de espionaje internacional. Sus nombres en clave son ZORRO, BÚHO, RATÓN y ALCE. Acaban de descubrir que ZORRO es un traidor. ¿Puedes descifrar sus conversaciones y averiguar en qué ciudad está ZORRO?

1. París llamando a Delhi

¿SE BASÉ UQ?

2. Delhi llamando a París

OZ RR NO EO TS EÁ EN CL IA OR

3. Delhi llamado a El Cairo

¿RE SE LA EC?

4. El Cairo llamando a Delhi

YON MAT OP AROC NÓT

5. El Cairo llamando a París

¿NÓD SEED ZÁT RRO O?

6. París llamando a El Cairo

E CLAONÓ TAR NOCAL BAH

7. El Cairo llamando a Helsinki

LA NEC SEO APNEÁT SÍR ¿NÓD SEED ARÁT NÓT?

8. Helsinki llamando a El Cairo

RÁ AET NÓDNE EL SHTI

¿Quién robó los planos secretos?

Uno de estos espías robó unos planos secretos guardados en una oficina de máxima seguridad. Cinco personas lo vieron salir: a un viejecito le pareció que llevaba un abrigo marrón; un policía informó que llevaba gafas de sol y que el abrigo tenía tres botones; una viejecita dijo que era calvo y que llevaba un maletín, y un niño señaló que llevaba una corbata azul de lunares. El viejecito estaba equivocado, pero los demás tenían razón. ¿En qué dibujo se representa al espía?

1.  **2.**  **3.**  **4.**  **5.**

6.  **7.**  **8.**  **9.**  **10.**

 Jerga de espionaje

Camuflaje: la ropa que lleva un espía para confundirse con el entorno.

Cifrar: poner un mensaje en clave.

Cita: encuentro entre dos espías.

Contacto: un miembro de tu red de espionaje.

Cuartel general: lugar desde donde opera la red de espionaje.

Descifrar el código: averiguar en qué código está escrito un mensaje.

Espía maestro: el cabecilla de la red de espionaje.

Palabra clave: palabra utilizada para inventar un código.

Perseguidor: espía que sigue de cerca a otro espía.

Ponerse a cubierto: esconderse para que el enemigo no te descubra.

Punto de comunicación: lugar donde se dejan señales para indicar qué punto de contacto se ha utilizado.

Punto de contacto: lugar donde los espías dejan mensajes dirigidos a otros espías.

Punto de contacto falso: lugar donde finges dejar mensajes o donde dejas mensajes escritos en un código falso.

Rastro: las huellas que ha dejado un sospechoso o las pistas que ha dejado un espía para que su contacto las siga.

Red de espionaje: grupo de espías que trabajan juntos en secreto.

Seguir de cerca: seguir y vigilar a un sospechoso sin que se dé cuenta.

Seguir el rastro: seguir las huellas y las pistas que haya dejado alguien.

Sospechoso: persona que parece ser un espía o miembro de una red de espionaje enemiga.

Soluciones

¡Cuidado con los disfraces malos!   página 29

Los sospechosos están señalados con una estrella.

Juego de rastreo   página 42

1. Desde el colegio, sigue las flechas hasta el mensaje 1 y acude a la posada de la Estrella.
2. Desde allí, sigue las señales más allá de la posada del Druida que te llevan al mensaje 2, y de allí a la iglesia con estanque.
3. Desde la entrada de la iglesia, sigue las flechas que te llevan hasta el mensaje 3, que a su vez te envía al cruce de la oficina de Correos.
4. En el cruce, sigue las señales hasta el mensaje 4, que te lleva a la iglesia con cementerio.
5. Sigue las señales que te llevan al mensaje 5 y a la última señal colocada en el estanque del Druida: "He vuelto a casa".

Mensajes con pictogramas   página 43

1. Escóndete en el bosque cercano al río
2. No hay reunión nocturna
3. Trae los víveres al fuego de campamento por la tarde
4. Reunión por la mañana en el lago
5. El enemigo se oculta cerca del campamento
6. El jefe de los enemigos habla de paz
7. Alguien ha descubierto nuestra guarida, ¡huye!

¿Dónde está el traidor?   página 46

París = Revés al Azar
Delhi = Parejas al Revés
El Cairo = Grupos al Revés
Helsinki = Bocadillo

Los mensajes descifrados dicen:
1. ¿Qué sabes?
2. ZORRO no está en El Cairo.
3. ¿Eres ALCE?
4. No, y tampoco RATÓN.
5. ¿Dónde está ZORRO?
6. Habla con RATÓN o ALCE.
7. ALCE no está en París.
¿Dónde está RATÓN?
8. RATÓN está en Delhi.

ZORRO está en París.
BÚHO está en El Cairo.
RATÓN está en Delhi.
ALCE está en Helsinki.

El rompecabezas se resuelve así:
Te dicen que ZORRO no está en El Cairo, y luego que el espía de El Cairo no es ni ALCE ni RATÓN; por lo tanto, debe ser BÚHO. Sabes que RATÓN está en Delhi y que ALCE no está en París, ni puede estar en El Cairo ni en Delhi, de modo que debe estar en Helsinki. Por consiguiente, ZORRO debe estar en París.

¿Quién robó los planos secretos? página 47

El espía sospechoso es el número 9. Lleva gafas de sol, un abrigo con tres botones y una corbata azul de lunares. Además es calvo, y lleva un maletín. Su abrigo no es marrón, como dijo el viejecito, sino amarillo.